DEVIL DEVIL

8

YÛKI MIYOSHI

RÉSUMÉ DES VOLUMES PRÉCÉDENTS

L'ANGE IOS ET LE DÉMON SWORD, LE BIEN CONTRE LE MAL ! AU TERME D'UN COMBAT ACHARNÉ, LES DEUX ADVERSAIRES TOMBENT SUR TERRE ET, POUR SURVIVRE, DOIVENT TROUVER REFUGE DANS LES CORPS DE FRÈRES JUMEAUX : KANNA ET SÔMA AMANO.

EN ATTENDANT DE RETROUVER LEUR FORME RESPECTIVE, ILS COMBATTENT ENSEMBLE DES ÉMISSAIRES DE L'ENFER CHARGÉS DE LES ÉLIMINER. NANAMI, L'AMIE D'ENFANCE DES JUMEAUX, COMMENCE À ÉPROUVER DES DOUTES SUR LA PERSONNALITÉ DE SÔMA LORSQU'IL RENTRE D'UN SÉJOUR PROLONGÉ EN ENFER, ET ELLE FINIT PAR APPRENDRE SA VRAIE NATURE DE DÉMON. D'ABORD HORRIFIÉE, NANAMI COMPREND ET ACCEPTE PEU À PEU LA SITUATION.

DE SON CÔTÉ, POUR TENIR LA PROMESSE FAITE À SHIVA, SWORD PART À LA RECHERCHE DES TREIZE FRAGMENTS DE L'ÂME DE SATAN, ACCOMPAGNÉ DE LA DÉMONE GARVERA...

DEVIL DEVIL, VOL. 8 — SOMMAIRE

YÛKI MIYOSHI

1ER ÉPISODE :
VISITE SURPRISE

CLIC
TITT TIIT TIIT TIIT
UUMPH ...
SPR ACK
ZOM
TA GUEULE, TOI !

WOOOOOOM
OUH LÀ... J'SUIS ENCORE COMPLÈTEMENT DANS LE PÂTÉ, CE MATIN...
HAA... HAA...
PSHHHHHHH
FLOM
BORDEL... QU'EST-CE QUI M'ARRIVE ?
J'AI LA TÊTE QUI TOURNE... J'AI DES VERTIGES... C'EST COMME ÇA DEPUIS QU'ON EST RENTRÉS DE LA MONTAGNE...
HAA.. HAA..
EST-CE QUE... LE CORPS DE SÔMA AURAIT UN PROBLÈME... ?
KZ4M
J... JE TIENS PLUS DEBOUT...
!!
VOM

*VOIR DEVIL DEVIL 7.

HEIN ?!
GLUPS
TU RÊVES ! VOUS AVEZ DÉJÀ SÉCHÉ TROP DE COURS ! PAS QUESTION QUE KANNA ET SÔMA REDOUBLENT PAR VOTRE FAUTE !
EH ! ON N'EN A RIEN À FOUTRE, NOUS !
AH OUI, VRAIMENT ? DANS CE CAS...
TCHAC
GLOUPS
JE VAIS TE REMETTRE CES LUNETTES SUR LE NEZ, POUR QUE TU REDEVIENNES SÔMA.
SHLIING
KZZM
D'ACCORD, D'ACCORD ! C'EST BON, J'IRAI !
IL IRA EN COURS, LUI...
KZZM
VOUS ÊTES BIEN EXCITÉS, LES JEUNES ! DE QUOI VOUS PARLEZ ? RACONTEZ-MOI TOUT !
GLUPS
STAP
STAP
EUH... RIEN D'INTÉRESSANT !
FWAP
AH BON ? HUM...
AÏE... IL NE FAUT SURTOUT RIEN DIRE À LEUR PÈRE... IL EN MOURRAIT...
AH ! IL EST DÉJÀ 8H00 !
OUH LÀ, C'EST VRAI ! VENEZ VITE, VOUS DEUX !

TAP
FLOM
DÉPÊCHE, SWORD ! ON EST EN RETARD !
STAM
HAA..
HAA..
UH... ARRÊTE UN PEU DE HURLER... ÇA ME FAIT MAL À LA TÊTE...
T'AS VRAIMENT PAS L'AIR BIEN... TU AS PRIS TES MÉDICA-MENTS ?
DES MÉDICA... QUOI ?
HEIN ?! TU NE SAIS PAS CE QUE C'EST ?!
BEN NON ! J'SUIS UN DÉMON, TU TE SOUVIENS ?
BON... EH BEN ALORS...
SCRUTT
SCRUTT
HAA.. HAA..
JE VAIS EN ACHETER ! ATTENDEZ-MOI LÀ !
PHARMACIE

COFFEE
OÙ ELLE EST PARTIE ? ELLE NOUS GONFLE POUR QU'ON SOIT PAS EN RETARD, ET C'EST ELLE QUI...
HAA HAA
HAA
HUM ...
ILS NE SONT PAS SI MAL, CES HUMAINS...
HEIN ? QU'EST-CE QUE TU LEUR TROUVES DE BIEN ?
SMILE
MALGRÉ LES DISPUTES ET LES DÉSACCORDS, ILS SONT TOUJOURS PRÊTS À AIDER LEUR PROCHAIN... MÊME DES ÊTRES DIFFÉRENTS COMME NOUS.
PEUH ! JE M'PASSERAIS BIEN DE CES CONNERIES !
VIVEMENT QUE JE FASSE MES ADIEUX À CE MONDE POURRI !
KZZM
JE METS LA MAIN SUR LES DOUZE FRAGMENTS DE L'ÂME DE SATAN QUI RESTENT, JE RÉCUPÈRE MON CORPS DE DÉMON, ET JE M'ARRACHE !
KZZM

TÂCHE DE TROUVER UN MOYEN DE RÉCUPÉRER TON CORPS TOI AUSSI, IOS...
PARCE QUE QUAND JE ME SERAI OCCUPÉ DE SATAN...
SWUP
FWISCH
SPAAM
CE SERA TON TOUR !

JE SAIS BIEN, SWORD... MAIS AVANT CELA...
DITES DONC, VOUS DEUX ! VOUS AVEZ FINI DE VOUS DISPUTER ?!
JE VOUS LAISSE ET ÇA RECOMMENCE... VOUS NE POUVEZ PAS FAIRE UN EFFORT POUR VOUS ENTENDRE ?!
HAA..
HAA..
NANAMI...
C'EST UN ANGE ET J'SUIS UN DÉMON ! ON PEUT PAS S'ENTENDRE !
ANGE OU DÉMON, JE VEUX PAS LE SAVOIR !
M... MAIS... ENFIN...
SI TU NE PEUX PAS TE CONTRÔLER, J'AI LA SOLUTION...
TCHAC
ZWIP
GLUPS
C'EST BON, NANAMI, J'AI COMPRIS !
T'AS INTÉRÊT !
...

UN ANGE ET UN DÉMON... LE CIEL ET L'ENFER...
JE SOUHAITE EN FINIR AVEC SWORD, C'EST VRAI.
MAIS UNE AUTRE PARTIE DE MOI SOUHAITE POURSUIVRE CETTE VIE PARMI LES HUMAINS.
UNE FOIS REDEVENU ANGE, JE CESSERAI SANS DOUTE DE ME POSER TOUTES CES QUESTIONS...
FWUSH
C'EST EXACT, IOS !
!!
FLAP
QU... QUOI ?!

FWAP
MES HOMMAGES, IOS...
STUP
ARCHANGE SHEKIL ARIA ! QUE... QUE FAIS-TU ICI ?
NE ME DIS PAS QUE TU ES VENU POUR... TUER SWORD ?
NON, PAS CETTE FOIS. MA MISSION, AUJOURD'HUI...

EST DE TE RAMENER AU CIEL.
COMMENT ÇA, ME RAMENER AU CIEL ?!
ME RAMENER AU CIEL, ALORS QUE JE NE SUIS PLUS UN ANGE ?!
LE CIEL DOIT RASSEMBLER TOUS SES GÉNÉRAUX, ET JE SUIS CHARGÉ DE TE RACCOMPAGNER.
TU DOIS SAVOIR QUE SATAN A REPRIS SES ACTIVITÉS MALÉFIQUES.
?!
SOIS TRANQUILLE. IL EXISTE UN MOYEN DE TE FAIRE REDEVENIR UN ANGE, AVEC CE CORPS HUMAIN...

INFIRMERIE
UUUH ...
J'AI MAL AU CRÂNE... J'SUIS TOUT ENGOURDI... J'VAIS MOURIR...
HAA... HAA...
PFFF... T'ES PITOYABLE ! REGARDE IOS ! IL PREND SUR LUI ET VA EN COURS !
C'EST BIEN LA PREUVE QUE J'SUIS PLUS FRAGILE !
UN DÉMON PLUS FRAGILE QU'UN ANGE, HEIN ?
KOF KOF
PEUH ! J'ME DEMANDE POURQUOI JE DISCUTE ENCORE AVEC TOI !
KYAA ! QUE... QU'EST-CE QUI T'ARRIVE, SWORD ?!
FWAP
CETTE PRÉSENCE... PAS DE DOUTE ! Y A UN AUTRE ANGE QU'IOS DANS LE COIN !

AVEC CE CORPS HUMAIN ? QUE VEUX-TU DIRE ?
JE T'EXPLIQUERAI UNE FOIS QUE NOUS AURONS REGAGNÉ LE CIEL...
...
IL N'Y A PAS À DISCUTER, IOS !
STAP
TELLE EST LA VOLONTÉ DU SEIGNEUR, ET UNE FOIS REDEVENU ANGE, TU POURRAS EN FINIR AVEC CE DÉMON DE SWORD !
HÉ HÉ HÉ...
LA VOLONTÉ DU SEIGNEUR ? LAISSE-MOI RIRE !
!!
FLAP

QU'EST-CE QUE J'EN AI À FOUTRE ?!
KZZM
KZZM
ZWUUUUSH
SEIGNEUR OU PAS, PERSONNE ME DIRA CE QUE JE DOIS FAIRE !
HÉ HÉ

D... DES AILES NOIRES ?! UN ANGE DÉCHU ?!
TU ES L'HUMAIN QUI PARTAGE LE CORPS D'IOS ?!
ZAM
EH OUAIS. T'AS L'AIR SURPRIS DE ME VOIR...
...
HUMAIN ! JE N'AIME PAS TON MANQUE DE RESPECT ENVERS LE SEIGNEUR, MAIS JE DOIS TOUT DE MÊME TE REMERCIER !
SCHLING
SCHLIING
SCHLIING

GRÂCE À TA MANIFESTATION, JE N'AURAI PAS À CONTRAINDRE IOS PAR LA FORCE !
!!
GWOSOC

QUOI-?!
IL N'AURAIT PAS ACCEPTÉ DE VENIR AVEC MOI DE SON PLEIN GRÉ. AVEC TOI, LA PARTIE SERA PLUS FACILE !
KLING

2^E ÉPISODE :
DÉPART VERS LE CIEL

FLOM
HAAA.. HAAA..
ATTENDS, SWORD ! TU PEUX PAS Y ALLER DANS CET ÉTAT !
STAC
JE T'INTERDIS DE FAIRE QUELQUE CHOSE QUI PUISSE NUIRE AU CORPS DE SÔMA ! TU M'ENTENDS ?!
GRRR
LÂCHE-MOI, NANAMI ! ARRÊTE DE ME SUIVRE PARTOUT !
...
C'EST SUR LE TOIT QUE ÇA SE PASSE... J'AIME PAS CETTE AURA...

CLAC
SCHLIING
SCHLIING
QU'EST-CE QUE C'EST QUE CE TRUC ?!

SWUP
LA CROIX DE CHÂTIMENT... ELLE EMPRISONNE LES ANGES DÉCHUS, LES TRAÎTRES À NOTRE SEIGNEUR.
NUL ANGE NE PEUT SE LIBÉRER DE SON ÉTREINTE !
PEUH ! C'EST ÇA !
KZZZM
GWAAAAAAH !!
KZZM
KZZZM
LA CROIX DE CHÂTIMENT... SALETÉ ! ELLE ASPIRE MES FORCES !
BIEN. ON DIRAIT QUE TU AS COMPRIS.
DANS CE CAS...
CLIC
STAC

GWAM
IL NE ME RESTE QU'À OUVRIR LA PORTE DU PARADIS !
GWO OOOO
SCRAP
SCRAP
BORDEL... SI ÇA CONTINUE, JE VAIS Y PASSER...
UNGH
MINUTE, PAPILLON !

!!
KZAM
PSHHHH
TU POURRAIS ME DEMANDER MON AVIS, ANGE DE MES DEUX !
KZZM
KZZM
SMILE

SWORD... MAUDIT DÉMON...
SWUP
POURQUOI DEVRAIS-JE TE DEMANDER TON AVIS POUR EMMENER IOS AU CIEL ?
DE QUOI ?!
DE TOUTE FAÇON, IOS N'A RIEN À FAIRE AVEC UN ÊTRE MALÉFIQUE COMME TOI !
TCHAC
ARRIÈRE, DÉMON !
SWOOSH
FWAAAAASH !!

GWUSH
SI TU M'CHERCHES, TU VAS M'TROUVER, ESPÈCE DE...
FLOM
OUPS... J'OUBLIAIS CETTE FOUTUE GRIPPE...
SWORD ! ATTENTION !
SBOOM
KYAAAH !!
BOW

S... SWORD !
STAP
SCRAP
SCRAP
EH BIEN, DÉMON ? TU SEMBLES BIEN MOINS FORT QUE LA DERNIÈRE FOIS...
FLAP
PFF ! SI J'AVAIS PAS CETTE CRÈVE...
AA
HAA
JE VAIS EN PROFITER POUR RÉCUPÉRER L'ŒUF DÉMONIAQUE QUE TU PORTES...
AH...
HUNG...
ARRÊTE, SHEKIL...
GLUPS
HAA
I... IOS ?!

TA MISSION EST DE ME RAMENER AU CIEL, N'EST-CE PAS ?
ALORS, JE TE SUIS. MAIS CESSE CE COMBAT.
TRÈS BIEN, SI C'EST CE QUE TU DÉSIRES.
STAC
HEIN ?!
IOS ! QU'EST-CE QUE..
FWASH
SILENCE ! IOS VA RETOURNER AU CIEL ET RECOUVRER SES POUVOIRS D'ANGE !
COMMENT ?! IL VA RECOUVRER SES POUVOIRS ?!
AURAIS-TU PEUR...
DE NE PAS POUVOIR TE DÉFENDRE SEUL, SANS IOS ?

...
ZOM
PEUH ! AVEC OU SANS LUI, ÇA NE FAIT PAS DE DIFFÉRENCE POUR MOI !
MAIS ENFIN ! QU'EST-CE QUE TU RACONTES ?!
C'EST LE CORPS DE KANNA ! NE DIS PAS N'IMPORTE QUOI !
KZZM
KZZM
ZWOOOSH
HEIN ?
NE T'INQUIÈTE PAS, NANAMI...

JE PROTÉGERAI KANNA QUOI QU'IL ARRIVE, ET JE LE RAMÈNERAI SUR TERRE.
IOS...
QUANT À TOI, SWORD...
SMILE
JE CROIS QUE LA PROCHAINE FOIS QUE NOUS NOUS REVERRONS, NOUS SERONS À NOUVEAU ENNEMIS...
FWOOOOSH
KZAM

PSHHHHHH
ILS... ILS ONT DISPARU... MON DIEU... KANNA !
C'EST TA FAUTE, SWORD ! POURQUOI TU LES AS LAISSÉ PARTIR ?!
LA FERME ! LÂCHE-MOI UN PEU !
SWORD ?
ADIEU, IOS...

KZZM
KZZM
FLAP
...

L'ARBRE DES SEPIROTH...
GWO OO
ME VOICI DONC DE RETOUR AU PARADIS...
SWORD...
TU DOIS OUBLIER CE DÉMON, IOS.
SWUP

SHEKIL... QU'EST-CE QUE ÇA SIGNIFIE ?
LORSQUE TU SERAS REDEVENU UN ANGE, SWORD SERA SANS DOUTE MORT...
SATAN A ORDONNÉ À SES QUATRE GÉNÉRAUX INFERNAUX DE SE RENDRE SUR TERRE POUR ÉLIMINER SWORD.
HEIN ?! C'EST QUOI CETTE HISTOIRE ?!
KAAAAAM

STAM
VOILÀ DONC À QUOI RESSEMBLE LE MONDE DES HUMAINS...
ET SWORD SE TROUVE QUELQUE PART ICI...

3E ÉPISODE :

LES QUATRE GÉNÉRAUX INFERNAUX

JE SUIS DE RETOUR AU PARADIS...
ET JE VAIS REDEVENIR UN ANGE...
C'EST EXACT, IOS.
GWOOOOOM

!!
ZWUSH
QU'EST-CE QUE C'EST QUE CET ENGIN, SHEKIL ?! JE N'AI JAMAIS RIEN VU DE TEL !
PSHHHHH
LAISSE-MOI T'EXPLIQUER, IOS...
AH ?!

FLAP
GRAND ARCHANGE MICHAËL !
NOUS ATTENDIONS TON RETOUR, IOS. SOIS LE BIENVENU.
GRAND ARCHANGE... CETTE MACHINE EST-ELLE VOTRE CREATION ?
OU, JE L'AI CONSTRUITE SPÉCIALEMENT POUR TOI.
CE DÉMON DE SWORD NE RÉSISTERA PAS AUX GÉNÉRAUX INFERNAUX. TU DOIS L'OUBLIER ET REDEVENIR UN ANGE, IOS.
S... SWORD !

IOS N'EST TOUJOURS PAS REVENU...
NON ...
DEPUIS QU'IL A DISPARU, SON PÈRE SE FAIT UN SANG D'ENCRE...
KANNA, MON FILS !
OÙ ES-TU ?!
...
ÇA NE TE FAIT VRAIMENT RIEN ?
IL EST RETOURNÉ AU PARADIS DE SON PLEIN GRÉ. C'EST SON CHOIX.
!!
HÉ HÉ... TU JOUES TOUJOURS LES DURS, HEIN ?
ARRÊTE DE M'EN PARLER. JE M'EN TAPE.
SWAP
SWORD !

GAR-VERA !
TU DEVRAIS TE TENIR SUR TES GARDES. MAINTENANT QU'IOS N'EST PLUS LÀ, SATAN VA CERTAINEMENT ENVOYER SES SBIRES.
SWAP
C'EST AUSSI MON AVIS.
VOUS AVEZ RIEN DE MIEUX À FAIRE QUE D'ÉCOUTER NOS CONVER-SATIONS ?!
EN VOILÀ DES FAÇONS DE NOUS REMERCIER DE NOUS INQUIÉTER POUR TOI...
SLAM
RANPÛ ! QU'EST-CE QUE TU FOUS LÀ ?!
J'VOUS AI RIEN DEMANDÉ !

AVEC OU SANS IOS, J'SUIS ASSEZ GRAND POUR ME DÉFENDRE SEUL !
TU CROIS VRAIMENT ?
QUOI ?!
EN ENFER, IL Y A BEAUCOUP DE DÉMONS PLUS FORTS QUE TOI. SEUL, TU N'Y ARRIVERAS PAS.
À MOINS QUE TU NE RASSEMBLES TOUS LES FRAGMENTS DE L'ÂME DE SATAN...
HÉ HÉ
GRR ...
TU SAIS, SWORD, C'EST PAS QUE JE M'INQUIÈTE POUR TOI, MAIS FAIS GAFFE, QUAND MÊME.
!!
FOUTEZ-MOI LA PAIX ! QU'ILS VIENNENT, CES DÉMONS ! J'LES ÉCLATERAI TOUS !

JE VOUS PRÉSENTE M. MINAZUKI, VOTRE NOUVEAU PROFESSEUR STAGIAIRE DE MATHÉMATIQUES !
BROUHAHA
T'AS ENTENDU ? C'EST UN STAGIAIRE !
BROUHAHA
IL EST CANON ! JE SENS QUE JE VAIS AIMER LES MATHS !
ENCHANTÉ ! J'ESPÈRE QUE NOUS ALLONS BIEN TRAVAILLER ENSEMBLE.
KYAAAH ! IL EST TROP BEAU !
...

IL MANQUE UN ÉLÈVE À CÔTÉ DU JEUNE HOMME QUI REGARDE DEHORS ?
AH, OUI ! C'EST LA PLACE DE KANNA, LE FRÈRE JUMEAU DE SÔMA. SON PÈRE A PRÉVENU QU'IL AVAIT UNE FORTE GRIPPE.
FWIP
JE VOIS... J'ESPÈRE QUE TON FRÈRE VA VITE SE RÉTABLIR, SÔMA...
HUM... CE TYPE M'INSPIRE PAS CONFIANCE...
SMILE
QU'EST-CE T'AS ?
PSST !
RIEN, RIEN...
BIEN. COMMENÇONS LE COURS.

* ESPÈCE DE BASE-BALL JOUÉ SUR UN TERRAIN PLUS PETIT, AVEC UNE BALLE PLUS GRANDE ET PLUS MOLLE.

QUOI ?
CETTE IDÉE DE NOUS INFILTRER PARMI LES HUMAINS EN MANIPULANT LE PROVISEUR EST STUPIDE !
PUISQUE NOTRE MISSION EST D'ÉLIMINER SWORD, POURQUOI NE PAS EN FINIR TOUT DE SUITE ?!
DOOOM
CETTE PETITE RUSE PERFIDE EST INDIGNE DES QUATRE GÉNÉRAUX INFERNAUX !
TU NE DEVRAIS PAS SOUS-ESTIMER SWORD. POUR RÉCUPÉRER L'ŒUF DÉMONIAQUE, NOUS DEVONS D'ABORD ÉVALUER SA FORCE...
NE ME DIS PAS QUE TU AS PEUR DE LUI !?
SCRUTT
ASSEZ, GALAM !
STAM

TU OSES REMETTRE EN CAUSE LE PLAN DE BASIL ?!
FENNE.... TU VEUX TE BATTRE ?
QUAND TU VEUX !
GWOOSH
DU CALME, VOUS DEUX ! CE N'EST PAS LE MOMENT DE VOUS BATTRE !
RESTE EN DEHORS DE ÇA, DEEL !
KZZM
KZZM
Y EN A MARRE ! C'EST FACILE POUR VOUS QUI ÊTES TRANSFORMÉS EN HUMAINS !
SHWAF
STAP

ALORS QUE MOI, JE SUIS EN PERROQUET !
TU PARLES ! T'ES TELLEMENT PETIT QUE TU PEUX MÊME PAS ÊTRE PRIS POUR UN DES ÉLÈVES DE CETTE ÉCOLE !
C'EST NORMAL POUR UN NABOT !
ME TRAITE PAS DE NABOT !
GLUPS
PFF ...
ON SE DEMANDE MÊME POURQUOI TU FAIS PARTIE DES QUATRE GÉNÉRAUX INFERNAUX !
RÉ-PÈTE ÇA !
ÇA COMMENCE À BIEN FAIRE, VOUS TROIS...

SI VOUS AVEZ DES CRITIQUES... BASIL HORNET LES ÉCOUTERA !
ZAM

OUH LÀ... IL EST EN COLÈRE...
AÏE...
NON, NON, RIEN À REDIRE !
TON PLAN EST GÉNIAL, VRAIMENT GÉNIAL !
HEIN ??
BIEN.
MOI, JE TROUVE À REDIRE.
FWUSH
J'AI PAS L'INTENTION DE SUIVRE TES ORDRES. À PARTIR DE MAINTENANT, J'AGIS SEUL.
SLAM
GALAM ! ATTENDS !
SURVEILLE-LE, DEEL.
QUE CET EXCITÉ NE NOUS COMPLIQUE PAS LA TÂCHE.

T'EN PENSES QUOI, NANAMI ?
DE QUOI ?
DU NOUVEAU PROF STAGIAIRE.
BEN... IL EST PLUTÔT SÉDUISANT, MAIS À PART ÇA...
SUPER...
JE VOIS...
MAIS TU VAS ME LÂCHER AVEC KANNA ?! OUBLIE-LE, UN PEU !
AU LIEU DE TE PRÉOCCUPER DE ÇA, TU FERAIS MIEUX DE RÉFLÉCHIR AU MOYEN DE FAIRE REVENIR KANNA !
FWISH
CRÉTIN ! COMMENT VEUX-TU QUE JE L'OUBLIE... ?!

SWORD... AVEC UNE FILLE, SA PETITE AMIE... ?
DEEL... PUISQUE TU ES LÀ, J'AI UN SERVICE À TE DEMANDER.
GLOUPS
FLAP
OUPS, GRILLÉ...
JE... J'AI PAS DE SERVICE À TE RENDRE !
FLAP
REGARDE... SI TU M'AIDES, JE TE DONNE ÇA...
OH ! UN FRUIT PROVENANT DE LA FORÊT DES RÊVES ! IL N'Y EN A QU'UN TOUS LES CENT ANS !
ALORS, TU ME LE RENDS, CE SERVICE ?
FLAP
OK !

AÏE !
NANAMI ! QU'EST-CE QU'IL Y A ?!
STAM
C'EST CET OISEAU ! IL M'A TIRÉ LES CHEVEUX !
HEIN ?
ET C'EST JUSTE POUR ÇA QUE TU POUSSES UN CRI PAREIL ?!
FLAP
FLAP
BEN QUOI ! ÇA M'A FAIT MAL !
HÉ HÉ... PROFITE BIEN DE TES DERNIERS INSTANTS DE RÉPIT, SWORD !
BVUM
TA DERNIÈRE HEURE APPROCHE À GRANDS PAS...
ZWUUSH

SÔMA ! SÔMAAA ! TU PEUX DESCENDRE ?
QU'EST-CE QU'IL ME VEUT, LE VIEUX... À COUP SÛR, IL VA ENCORE ME PRENDRE LA TÊTE AVEC KANNA !
J'T'AI DÉJÀ DIT CENT FOIS QUE JE SAIS PAS OÙ IL EST !
GWAM
DU... DU CALME... NANAMI VEUT TE VOIR...
NANAMI... ?
STAP
BON... TU PEUX ME DIRE POURQUOI TU M'AS DEMANDÉ DE VENIR ICI ?

SI C'EST À PROPOS D'IOS, JE...
CE N'EST PAS ÇA, SWORD...
FWAP
JE...
GNUP
HEIN ?

4E ÉPISODE : GALAM, LE MAÎTRE DE L'ARGILE

DU... DU CALME, NANAMI ! QU'EST-CE QUI TE PREND ?!
FWAP
AH !
SWORD ...
GNUP
QU'EST-CE QU'ELLE ME VEUT ? POURQUOI ELLE FAIT ÇA ?!

SWORD... TU NE M'AiMES PAS... ?
GLUPS !
SA POITRINE...
DOM
SYMPA, L'ODEUR DES HUMAINES...
SHHHH
SWUP
MOi, JE...
!!

SLAASH
QUOI ?!
NANAMI... ÇA VA PAS ?!
HUM... ÇA ME SEMBLAIT ÉTRANGE AUSSI QU'ELLE ME SAUTE DESSUS COMME ÇA...
HÉ HÉ HÉ
FLOM
SWORD... POURQUOI TU ME REPOUSSES ?

BOW
MONTRE-TOI, DÉMON DE PACOTILLE !
KZZM
KZZM
BAOM
GN...
HÉ HÉ... QUEL IDIOT DE NE PAS AVOIR PROFITÉ DE CE DERNIER INSTANT DE PLAISIR QUE JE T'OFFRAIS...
!!

TREMBLE DEVANT GALAM HARNESS, L'UN DES QUATRE GÉNÉRAUX INFERNAUX !
ET PRÉPARE-TOI À CONNAÎTRE LES AFFRES DE LA MORT !
FWOM

PSHHHH
LES QUATRE GÉNÉRAUX INFERNAUX ?
C'EST AVEC ÇA QUE TU CONTRÔLES NANAMI ?
HÉ HÉ... AINSI, TU NE NOUS CONNAIS PAS...
J'SAIS PAS SI T'ES GÉNÉRAL OU QUOI, MAIS TU M'AS TOUT L'AIR D'UN LÂCHE !
KZAM
PAS ÉTONNANT. UN DÉMON INFÉRIEUR COMME TOI N'A AUCUNE CHANCE DE NOUS RENCONTRER.
BWOM
GWOP
UUH...

QUOI ?!
WUSH
QU'EST-CE QUI SE PASSE ?! JE SENS MON POUVOIR DÉMONIAQUE ME QUITTER...
GNISH
GNISH
JE POURRAIS TE BROYER EN UN INSTANT, GRÂCE AU POUVOIR QUI ME PERMET DE MAÎTRISER L'ARGILE.
C'EST UN VICIEUX, CELUI-LÀ...
HAA.. HAA..
ZUUUUUM
MAIS...
SDOM
CE NE SERAIT PAS AMUSANT. ALORS, J'AI IMAGINÉ UN PETIT JEU...

!!
ZWUUUUUUM
NA... NANAMI ?!
SMILE
L'UNE D'ENTRE ELLES EST LA VRAIE. LES AUTRES SONT DES MARIONNETTES D'ARGILE. SI TU ÉTAIS UN VRAI DÉMON, TU N'HÉSITERAIS PAS À TOUTES LES DÉTRUIRE.
MAIS Y PARVIENDRAS-TU, DANS TON ÉTAT DE SEMI-HUMAIN ?
P... POURRITURE !
FLOM

ZWASH
WOW
GNAP
ARRÊTE, NANAMI !
...
J'ARRIVE PAS À DISTINGUER LA VRAIE DES FAUSSES !
!!
GWASH
FWUSH
PUTAIN ! OÙ EST LA VRAIE ?!
ET MERDE !
SWUSH
FWUP

STING
AH !
SBLAM
KYAAAH !
FWUP FWUP
STAC
ALORS, SWORD, T'AS ENCORE BESOIN D'AIDE, À CE QUE JE VOIS...
HÉ HÉ
GRRR...

GWAAH
BANDE D'ABRUTIS !
Y A LA VRAIE NANAMI DANS LE TAS ! VOUS RISQUEZ DE LA BLESSER !
?
QUOI ?!
J'VEUX PAS L'SAVOIR ! J'VOUS PERMETS PAS DE LUI FAIRE DU MAL !
MAIS SI ON FAIT RIEN, ELLES VONT TE TUER !
VOICI DEUX NOUVEAUX IDIOTS... UNE LARVE D'HUMAIN...
ET L'EXÉCUTRICE TRAÎTRESSE QUI SERVAIT SHIVA...

LES COMPAGNONS IDÉAUX POUR UN DÉMON RATÉ QUI S'EST ALLIÉ À UN ANGE...
BRRR
BRRR
UN DÉMON RATÉ ?! TU VAS VOIR...
SWORD... QUOI QUE T'EN DISES, JE VAIS PAS RESTER SANS RIEN FAIRE...
A... ARRÊTEZ ! ELLE Y EST POUR RIEN ! SI JE ME RETIENS, C'EST PAS POUR QUE VOUS...
FWAP
!!
MOI NON PLUS. DÉSOLÉE POUR NANAMI...
STAP
AH...

ZAM
À L'ATTAQUE, GARVERA !
KZAAM
BOW
WOOOOO!
!?

PSHHHHH
BON SANG, SWORD ! JE CROYAIS QUE TU NE VOULAIS PAS !
LA VRAIE NANAMI FAIT PARTIE DES VICTIMES ?!
KZZM
KZZM
PAS DE SOUCI. ELLE EST DERRIÈRE MOI.
REGARDEZ, LES MARIONNETTES RETOURNENT À LEUR ÉTAT D'ARGILE.
SCRAP
SCRAP
...
MES MARIONNETTES ÉTAIENT DES RÉPLIQUES PARFAITES DE CETTE FILLE ! COMMENT AS-TU SU ?
GRÂCE À SON PARFUM...
J'AI SENTI LA MÊME ODEUR QUE LORSQU'ELLE M'A SERRÉ DANS SES BRAS TOUT À L'HEURE, ALORS QUE LES AUTRES NE SENTAIENT RIEN.

TU N'ES DONC PAS SI STUPIDE QUE TU EN AS L'AIR...
ET MAINTENANT ? QUE COMPTES-TU FAIRE SANS TES MARIONNETTES ?
IL M'EN RESTE UNE !
ZAM
BVUM
N'OUBLIE PAS QUE CETTE HUMAINE EST ENCORE EN MON POUVOIR !

SWORD !
NON ! BOUGEZ PAS !
PAS QUESTION DE LUI FAIRE DU MAL.
J'AI PROMIS DE PROTÉGER NANAMI...
MÊME SI JE DOIS Y LAISSER LA VIE.
BRRR
BRRR
S... SWORD ...
COMMENT ? UNE SIMPLE HUMAINE PARVIENT À ÉCHAPPER À MON EMPRISE ?!
KZUM
JE NE LE TOLÉRERAI PAS ! TUE SWORD !

VOILÀ, C'EST ÇA... TRANCHE-LUI LA GORGE !
AH...
TUÉ PAR UNE HUMAINE... C'EST UNE MORT PARFAITE POUR UN RATÉ COMME TOI !
PLIP
SLOB
!!
QUOI ?! LA PLUIE ?!
ZAAAAAA
ELLE DISSOUT MA STATUETTE D'ARGILE !
SLOB
SLOB
CETTE PLUIE N'EST PAS ORDINAIRE ...

FLOM
SDOM
NANAMI ?!
CHANGEMENT DE PROGRAMME. LA PARTIE EST REMISE À PLUS TARD.
FWU
!!
TIENS-TOI PRÊT, SWORD... LA PROCHAINE FOIS QUE NOUS NOUS VERRONS, TU CONNAÎTRAS LES PIRES TOURMENTS !
HÉ HÉ
PAS SI VITE !
FWUSH
IL A DISPARU...
MAIS POURQUOI S'EST-IL ENFUI SI VITE ?
ZAAAAAA

BASIL...
IL N'Y A QUE TOI POUR PRODUIRE UNE PLUIE CAPABLE DE DISSOUDRE MES STATUETTES.
SHWUP
JE SAIS QUE TU ES LÀ. POURQUOI M'AS-TU EMPÊCHÉ D'EN FINIR ?
FWUSH
GALAM... TA FAÇON DE TE BATTRE N'EST PAS HONORABLE.

NOUS SOMMES LES QUATRE GÉNÉRAUX INFERNAUX. NOTRE RANG NOUS INTERDIT DE FAIRE HONTE À NOTRE MAÎTRE.
TES INITIATIVES SONT GROTESQUES, GALAM !
...
MICROBE ! T'AS PAS HONTE DE TE FAIRE CORROMPRE SI FACILEMENT ?!
MAIS ! EUUH !
GALAM... JE NE RÉPÉTERAI PAS DEUX FOIS CET AVERTISSEMENT. COMPRIS ?
ZOM
ÇA VAUT AUSSI POUR TOI, DEEL. N'ENFREINS PLUS MES INSTRUCTIONS !
GLUPS
O... OUI...
COMPRIS...
MAIS IL EST DÉJÀ TROP TARD...

BON, ELLE EST SAINE ET SAUVE.
HEU-REUSE-MENT...
MAIS TOI, TU ES BLESSÉ... ÇA VA ?
C'EST RIEN. JUSTE UNE ÉGRATIGNURE. JE COMPTE SUR VOUS POUR NE RIEN DIRE À NANAMI SUR CE QUI VIENT DE SE PASSER.
UNGH
SWORD !
SINON, ELLE SE FERA DU SOUCI... ARGH !
S... SWORD... TA PLAIE...
CRISP
CRISP
ELLE SE FOSSILISE !

5E ÉPISODE :
PÉTRIFICATION

SEIGNEUR, ÉCOUTE MIZUNO, TON HUMBLE SERVANTE...
ET CONFÈRE-MOI LA FORCE DE DÉTRUIRE LE MAL QUI RONGE CE JEUNE HOMME...
JE CONJURE LE MALÉ-FICE !
BVUUSH
OH !
KZZM
KZZM

PSHHHHH
...
MIZUNO... TU M'AS BIEN DIT QUE TU POUVAIS ME SOIGNER ?
LAISSE-MOI FAIRE !
HUM...
C'EST VRAI...
GWISH
BEN NON, C'EST PAS VRAI, JUSTEMENT ! J'SUIS PAS DU TOUT GUÉRI !
ESPÈCE D'EXORCISTE À LA NOIX !
CALME-TOI, SWORD !
ZWIP
CLOUPS
ARGH ! UNE CROIX !
!
LE MALÉFICE QUI AGIT SUR TA BLESSURE EST TRÈS PUISSANT.

JE NE PEUX PAS STOPPER LE PROCESSUS DE PÉTRIFICATION DONT TU ES ATTEINT.
SNIF
!?
LE PROCESSUS DE PÉTRIFICATION ? EXPLIQUE-TOI...
LA FOSSILISATION A COMMENCÉ PAR LA PLAIE SUR TON BRAS, MAIS...
LE PROCESSUS VA S'ÉTENDRE À TOUT TON CORPS, JUSQU'À CE QUE TU SOIS ENTIÈREMENT PÉTRIFIÉ !

S... SÉRIEUX ?
ZAM
ET TU PEUX RIEN TENTER D'AUTRE ?!
HÉLAS, NON...
SNIF
MAIS CELUI QUI A JETÉ LE MALÉFICE DOIT SAVOIR COMMENT LE FAIRE DISPARAÎTRE.
GALAM HARNESS, LE MAÎTRE DE L'ARGILE... L'UN DES QUATRE GÉNÉRAUX INFERNAUX !
TU N'Y ARRIVERAS PAS SEUL, SWORD. MÊME SI IOS ÉTAIT LÀ, CE SERAIT DIFFICILE.
IL A RAISON.
LES QUATRE GÉNÉRAUX INFERNAUX SONT L'ÉLITE DES LÉGIONS DE SATAN. JE NE SAIS PAS GRAND-CHOSE SUR EUX, MAIS UNE CHOSE EST SÛRE : GALAM EST VICIEUX, ET TRÈS FORT.
PEUH !
HUM ...
J'LUI FERAI SA FÊTE ! PERSONNE FAIT LE POIDS FACE À MOI !
KZAM

LE PROBLÈME...
C'EST QUE JE SAIS PAS OÙ LE TROUVER...
SDOM
S'IL SE REPOINTE PAS, SÔMA ET MOI...
SI JAMAIS ÇA DEVAIT ARRIVER, NANAMI S'EN REMETTRAIT PAS...
SCRUTT
JE DOIS FAIRE QUELQUE CHOSE AVANT QU'ELLE REMARQUE MA BLESSURE !
MAIS J'SAIS PAS OÙ LE CHERCHER...
GRRR
SWUP
FWUP
OUPS...
...
!!
POM

ZAM
UN PEU DE CONCENTRATION EN COURS, MONSIEUR AMANO !
PUTAIN... QU'EST-CE QU'ILS ONT TOUS À ME COLLER, LES NOUVEAUX STAGIAIRES ?!
HYI!!
C'EST BON ! LÂCHEZ-MOI UN PEU LA GRAPPE !
B... BIEN... POURSUIVONS. OUVREZ VOS MANUELS À LA PAGE 59...
PEUH !
STAP
STAP
HUM ?
PLOC
QUOI ?
SBLOB
SBLOB
SCIEN
CHEMISTRY
DE LA BOUE QUI TOMBE DU PLAFOND ?

DES SIGNES CABALISTIQUES ! QU'EST-CE QUE ÇA VEUT DIRE ?!
VLAM
!!
SBLOB
VOYONS VOIR... «SI TU VEUX SAVOIR COMMENT LEVER LE MALÉFICE, RENDEZ-VOUS À MINUIT DANS LA COUR.» UN MESSAGE DE GALAM ?!
HÉ HÉ
...
QU'Y A-T-IL, SWORD ?
NON, RIEN... T'INQUIÈTE PAS...

JE SAIS QUE C'EST UN PIÈGE, MAIS AU MOINS, ÇA M'ÉVITE DE LE CHERCHER !
SCRAP
FWISH
JE SUIS LÀ, GALAM ! MONTRE-TOI !
WHAM
NA... NANAMI ?!

QUE... QU'EST-CE QUE TU FAIS LÀ À CETTE HEURE ?!
ET TOI, SWORD ?
MOI ? JE... JE FAIS UNE PETITE BALADE AVANT D'ALLER DORMIR !
MENTEUR !
JE ME SOUVIENS, TU SAIS... JE ME SOUVIENS DE T'AVOIR BLESSÉ...
ET C'EST POUR ÇA QUE TU M'AS SUIVI ?! T'INQUIÈTE PAS, JE SUIS DÉJÀ GUÉRI !
...
CHUP
MONTRE-MOI TA PLAIE !
FWAP
HEIN ?!

SWASH
!!
AÏE...
GLUPS
QU'EST-CE QUE C'EST ? C'EST MOI QUI T'AI FAIT ÇA ?
GLUPS
C'EST À CAUSE DE CETTE BLESSURE QUE TU ES ICI ?
SNIF
BON, J'TE CACHE PAS QUE C'EST UN PEU COMPLIQUÉ.
GWUP
MAIS C'EST PAS LA PEINE DE T'EN FAIRE. T'ÉTAIS MANIPULÉE QUAND T'AS FAIT ÇA.
SWORD...

LE GARS QUI M'A JETÉ CE MALÉFICE EST ICI.
JE SUIS VENU LUI FAIRE SA FÊTE !
ZAM
ALLEZ, MONTRE-TOI, GALAM ! TU M'ENTENDS ?!
ZWORB
!!
SBLOB
SBLOB
QUE... QU'EST-CE QUI SE PASSE ?!

ZUUUUSH
LE BAHUT EST EN TRAIN DE FONDRE !
HÉ HÉ HÉ... BIENVENUE, SWORD !

GALAM HARNESS !
AH...
BASIL M'EN VOUDRA À MORT, MAIS PEU IMPORTE !
LORSQUE J'AURAI TUÉ SWORD ET QUE JE ME SERAI EMPARÉ DE L'ŒUF DÉMONIAQUE, SATAN ME RÉCOMPENSERA !
VIENS, SWORD ! SI TU VEUX SAVOIR COMMENT LEVER LE MALÉFICE !
ZWUUUUSH
J'ATTENDS QUE ÇA, J'ARRIVE !
NON, SWORD !

JE SAIS QUE JE NE SUIS QU'UNE SIMPLE HUMAINE, MAIS J'AIMERAIS T'AIDER, SWORD !
HUM ...
IL Y A UNE CHOSE.
AIE CONFIANCE EN SÔMA ET EN MOI !

VOUS DEUX, VEILLEZ SUR NANAMI !
FWUSH
TU VAS VRAIMENT Y ALLER SEUL ?
OUAIS !
SWUP
SWORD !
ATTENDS ICI BIEN SAGEMENT, NANAMI.
SWORD... SÔMA...
SI SEULEMENT KANNA ET IOS ÉTAIENT LÀ... JE VOUS EN PRIE, VEILLEZ SUR LUI !
GNUP

JE NE PEUX PAS CROIRE CE QUE VOUS ME DITES, GRAND ARCHANGE MICHAËL !
TU M'AS BIEN ENTENDU, IOS.
POUR REDEVENIR UN ANGE, TU AS BESOIN DU CORPS ET DE L'ÂME DE CET HUMAIN.
BVSSHHH
C'EST-À-DIRE QUE L'AUTRE ÂME QUI EST EN TOI DISPARAÎTRA.

TU DOIS ENTRER LÀ-DEDANS ET COMBATTRE L'ÂME DE KANNA AMANO !
GWOO... OOOOO
LORSQUE TU L'AURAS VAINCUE, ELLE FOURNIRA L'ÉNERGIE NÉCESSAIRE AU MÉCANISME QUI TE PRODUIRA UN NOUVEAU CORPS D'ANGE !
C'EST AFFREUX ! IL VEUT QUE JE SACRIFIE KANNA !

6E ÉPISODE : LE CHÂTEAU D'ARGILE

GWOOOOO
POUR REDEVENIR UN ANGE...
JE DOIS ENTRER DANS CETTE MACHINE ET COMBATTRE L'ÂME DE KANNA...
IL VOUDRAIT QUE JE LE TUE DE MES MAINS ?!

VAS-Y, IOS. QU'ATTENDS-TU ?
GRAND ARCHANGE MICHAËL... JE NE PEUX PAS FAIRE ÇA. JE NE PEUX PAS TUER KANNA ET M'APPROPRIER SON CORPS...
TU DOIS REDEVENIR UN ANGE, IOS ! TELLE EST LA VOLONTÉ DU SEIGNEUR !
FLAP
FLAP
!!
ET LA VOLONTÉ DU SEIGNEUR EST ABSOLUE !
ZAM
QUOI ?!

PARDONNE NOTRE INSISTANCE, IOS...
SHEKIL...
C'EST LA DERNIÈRE FOIS QUE JE TE LE DEMANDE, IOS. ENTRE DANS LA MACHINE.
JE NE PEUX PAS...
MAIS C'EST POUR TON BIEN...
JE NE PEUX PAS SACRIFIER L'ÂME DE KANNA !
IOS...
BIEN... TU NE NOUS LAISSES PAS LE CHOIX...
KZAAAAA

KZZM
KZZM
GYAAAAAAH !!
ZAM
J'AURAIS PRÉFÉRÉ QUE TU LE FASSES DE TON PLEIN GRÉ, MAIS TANT PIS...
SWORD... !
FLOW
JE NE PEUX PAS LE CROIRE... EST-CE VRAIMENT LA VOLONTÉ DE DIEU ?!
SPLAM

CE CHÂTEAU D'ARGILE NE ME DIT RIEN QUI VAILLE...
LA PORTE S'EST REFERMÉE APRÈS LE PASSAGE DE SWORD !
TCHAC
KYA AH !
IL EST SEUL À L'INTÉRIEUR...
POURVU QUE TOUT SE PASSE BIEN !
IL NE NOUS RESTE PLUS QU'À ATTENDRE ET ESPÉRER !
...
SWORD... SÔMA...
SPLAASH

LA VACHE ! QUEL BOURBIER !
TU PARLES D'UN CHÂTEAU !
J'AI DÉJÀ VU DES ENDROITS GLAUQUES, MAIS LÀ, C'EST PIRE QUE TOUT !
SBLORB
HÉ HÉ... TU ES INCAPABLE D'APPRÉCIER CETTE BEAUTÉ !
WUUUUSH
!!

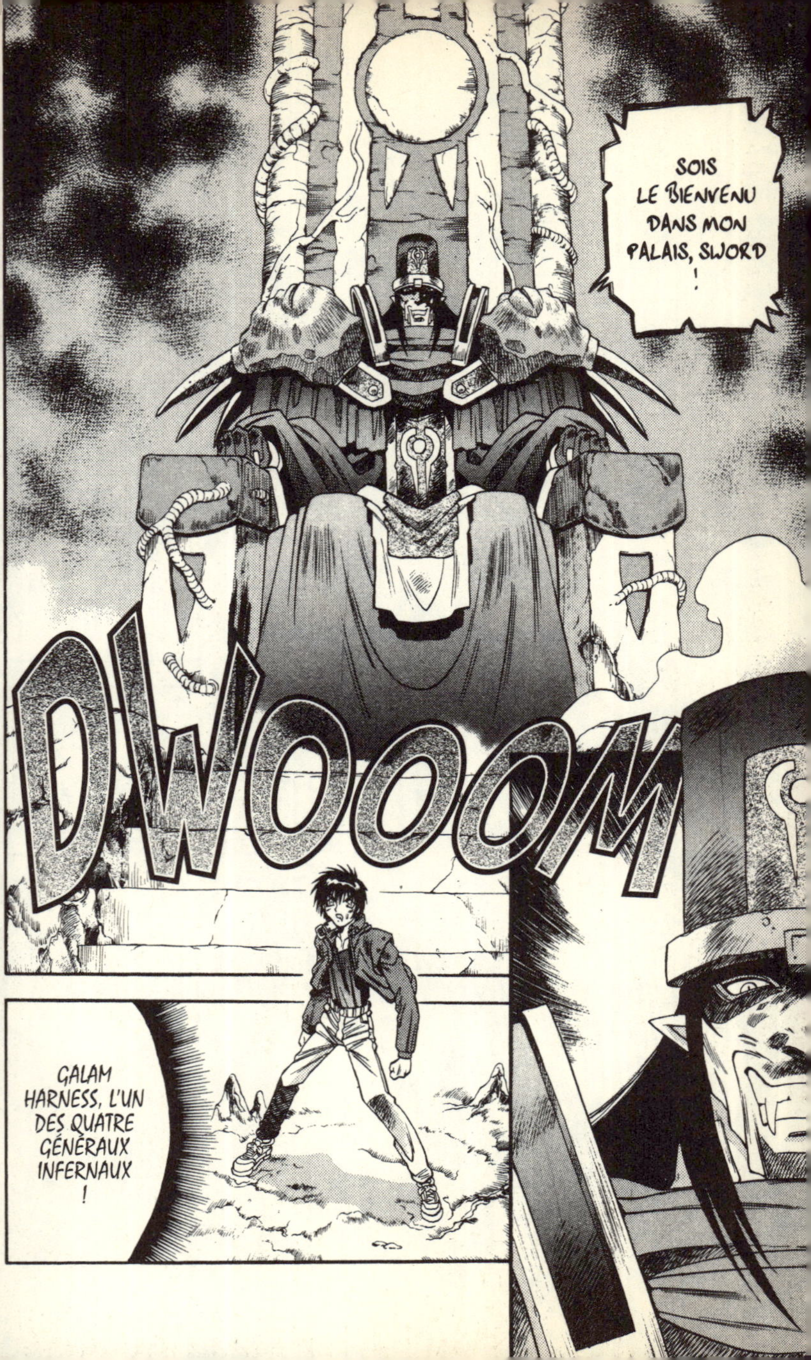
SOIS LE BIENVENU DANS MON PALAIS, SWORD !
DWOOOM
GALAM HARNESS, L'UN DES QUATRE GÉNÉRAUX INFERNAUX !

MÊME SI TU N'ES PLUS UN VRAI DÉMON, J'ESPÈRE QUE TU AS APPRÉCIÉ MON MALÉFICE DE PÉTRIFICATION !
CAUSE TOUJOURS !
PAR SA FAUTE, NANAMI DOIT CULPABILISER...
GNISH
ASSEZ PERDU DE TEMPS ! J'SUIS PAS VENU ICI POUR T'ÉCOUTER PALABRER !
NE SOIS PAS SI PRESSÉ. AMUSONS-NOUS UN PEU...
ZWOM
HEIN ?!

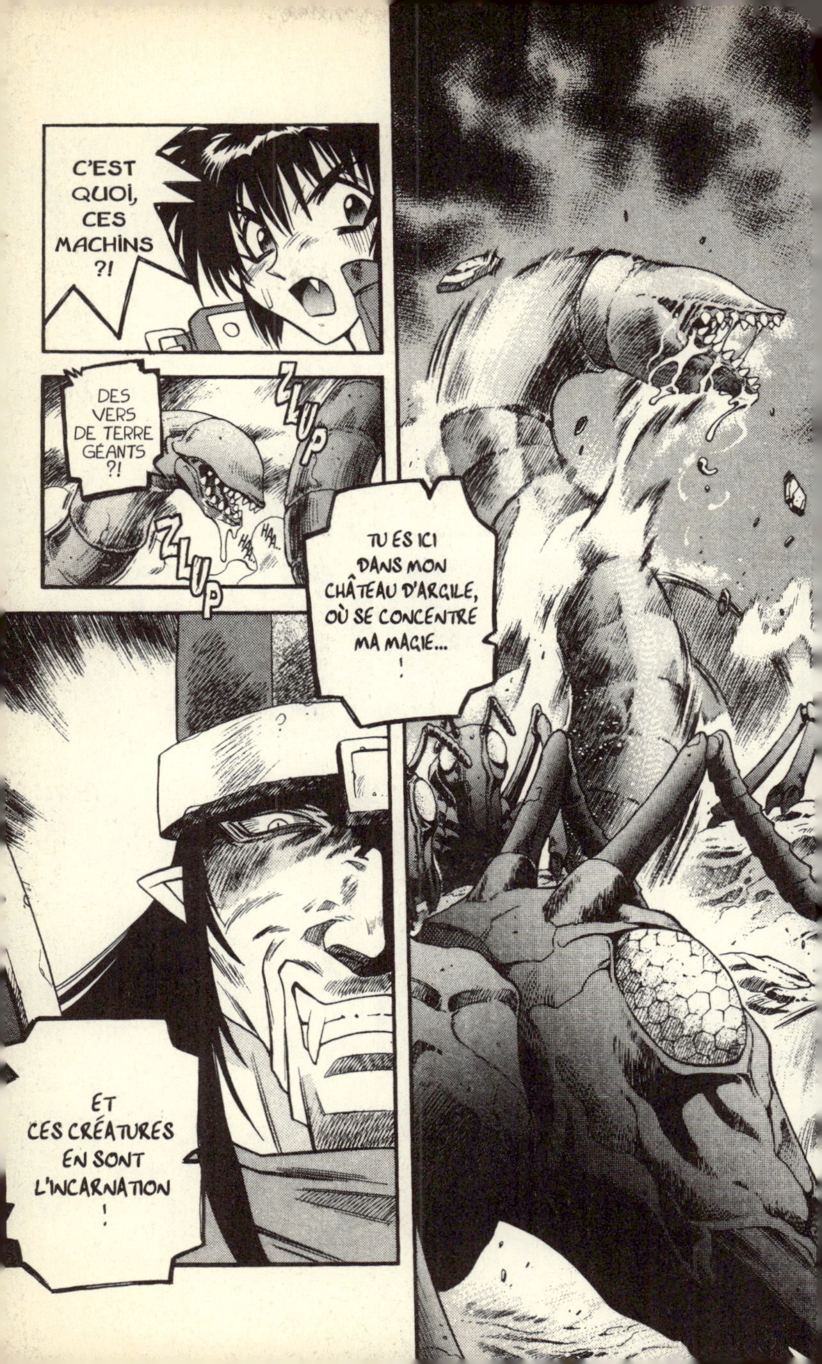

C'EST QUOI, CES MACHINS ?!
DES VERS DE TERRE GÉANTS ?!
ZLUP
HAA... HAA...
ZLUP
TU ES ICI DANS MON CHÂTEAU D'ARGILE, OÙ SE CONCENTRE MA MAGIE... !
ET CES CRÉATURES EN SONT L'INCARNATION !

JE VOIS... Y A PAS QUE LE CHÂTEAU QUI CRAINT, SES LOCATAIRES AUSSI.
ZZUP
DES VERS DE TERRE ET DES FOURMIS AU SERVICE D'UN CLOPORTE. J'VAIS T'ÉCRA-BOUILLER TOUT ÇA !
SWUP
ZZUP
QU'EST-CE QUI M'ARRIVE ?! MON BRAS EST HYPER LOURD !
?!
KZUM
GWOOOO
ON DIRAIT QUE L'ÉTAT DE TON BRAS S'AGGRAVE, MON CHER SWORD...

J'AI OUBLIÉ DE TE PRÉCISER QU'À L'INTÉRIEUR DE MON CHÂTEAU, LE PROCESSUS DE PÉTRIFICATION EST DEUX FOIS PLUS RAPIDE.
GWAP
HEIN ?!
SHLUUP
URGH !
AH AH AH ! FAIS QUELQUE CHOSE, SINON TU VAS FINIR EN STATUE D'ICI PEU !
HNNG...
SCOUICH
SCOUICH
CETTE FOIS, PAS DE RISQUE D'ÊTRE INTERROMPU PAR BASIL. IL NE PEUT PAS INTERVENIR DANS MA DIMENSION...
JE VEUX VOIR TON VISAGE DÉFORMÉ PAR LE DÉPIT LORSQUE JE M'EMPARERAI DE L'ŒUF DÉMONIAQUE !

STAP
CET IDIOT DE GALAM FAIT ENCORE DES SIENNES ! QUE DÉCIDES-TU, BASIL ?
ZAM
NOUS N'AVONS PAS LE CHOIX. LAISSONS-LE FAIRE. C'EST UNE EXCELLENTE OCCASION D'OBSERVER LA PUISSANCE DE SWORD.
MAIS IL N'EST SÛREMENT PAS DE TAILLE FACE À GALAM ! C'EST LUI QUI VA RÉCOLTER TOUS LES HONNEURS !
EH BIEN, TANT MIEUX POUR LUI. LES HONNEURS NE M'INTÉRESSENT PAS.
HEIN ?
MAIS N'OUBLIEZ PAS QUE SHIVA A FAIT DE SWORD SON SUCCESSEUR. CE NE SERA SANS DOUTE PAS SI FACILE...

UUNGH …
SQUICH
SQUICH
CETTE SALOPERIE EST TOUTE GLUANTE… IMPOSSIBLE DE ME DÉGAGER…
ALORS, SWORD ? TU TE LAISSES AVOIR PAR UN VER DE TERRE ?
VOILÀ QUI CONFIRME CE QUE JE DISAIS ! TU ES INCAPABLE DE QUOI QUE CE SOIT SANS L'AIDE D'IOS, TON ANGE GARDIEN ! AH AH AH !
GRRR …
KZAM

SPLOSH
DANS TES RÊVES !

!?
ZWASH
FOUTEZ-MOI LA PAIX !!
BOW
!!

SCRIC
SCRIC
UNGH... MON BRAS EST DE PLUS EN PLUS RAIDE !
JOLI COUP ! JE N'EN ATTENDAIS PAS MOINS DE TOI !
MAIS IL RESTE ENCORE BEAUCOUP DE MONSTRES POUR M'AMUSER AVEC TOI !
PARVIENDRAS-TU EN HAUT DE CES MARCHES AVANT D'ÊTRE COMPLÈ-TEMENT PÉTRIFIÉ ?
GWOOO OOOOOO
ZUUUM
À CE RYTHME-LÀ, MON BRAS DROIT SERA BIENTÔT HORS D'ÉTAT...

SI SEULEMENT IOS ÉTAIT LÀ...
AH !
QU'EST-CE QUI ME PREND DE PENSER À LUI MAINTENANT ?! JE PEUX TRÈS BIEN ME DÉBROUILLER SEUL !
ZOM
J'AI PAS BESOIN D'IOS NI DE SES POUVOIRS !

GWOOOOOOOO

7^E ÉPISODE :
FUREUR

ARCHANGE MICHAËL, ÊTES-VOUS CERTAIN QUE CE SOIT LA SOLUTION ?
LES PAROLES D'IOS RÉSONNENT ENCORE DANS MON ESPRIT...
MÊME DIEU N'A PAS LE DROIT DE DISPOSER DES ÂMES HUMAINES !
NE SOIS PAS SI INQUIET, SHEKIL.

KZZM
KZZM
REGARDE PLUTÔT... LES ÂMES D'IOS ET DE L'HUMAIN ONT COMMENCÉ À QUITTER LEUR CORPS.
GWOOOOOO
ELLES DEVRONT S'AFFRONTER DANS LE MONDE SPIRITUEL DE LA SPHÈRE D'INFINITÉ.
FWUUUUSH
LORSQUE L'ÂME D'IOS AURA VAINCU CELLE DE L'HUMAIN...
IL REDEVIENDRA UN ANGE. ET ALORS, JE SUIS SÛR QU'IL COMPRENDRA.
LE JUGEMENT DE DIEU EST TOUJOURS JUSTE !

FWOOOOOSH
STAP
OÙ SUIS-JE... ?

MON ÂME S'EST DÉTACHÉE DU CORPS DE KANNA. MON EXISTENCE N'EST PLUS QUE SPIRITUELLE...
CE MONDE EST DONC UNE PROJECTION DE MON ESPRIT...
FWOOOSH
TOUT S'EXPLIQUE ...
ZAM
!!!

SCRAP
SCRAP
SDOM
FWASH
AH !
ZUM
NOUS ALLONS DONC DEVOIR NOUS AFFRONTER DANS UN COMBAT À MORT, C'EST ÇA ?
KANNA !
LES ANGES NE MANQUENT PAS D'IMAGI-NATION...
SMILE

PROJETER NOS ÂMES DANS UN UNIVERS SPIRITUEL...
FWUUUUUSH
ET AINSI DÉCIDER DE CELUI D'ENTRE NOUS QUI REGAGNERA MON CORPS...
ÇA A LE MÉRITE D'ÊTRE SIMPLE.
SEUL LE PLUS FORT D'ENTRE NOUS DEUX SURVIVRA !
UNGH !
BVUM
DAAM
GWISH
ATTENDS, KANNA ! NOUS ENTRETUER EST STUPIDE !
GWISH

IL DOIT BIEN Y AVOIR UN MOYEN DE SAUVER NOS DEUX ÂMES !
GWASH
PEUH ! POUR QUOI FAIRE ?
SDIING
KZZM
KZZM
C'EST L'OCCASION DE ME DÉBARRASSER DE TOI !
JE VAIS DÉTRUIRE TON ÂME ET REGAGNER MON CORPS !
BOW
SDOM

SCRAP
UUUNGH !
SCRAP
DANS CE MONDE SPIRITUEL, LA PUISSANCE D'ATTAQUE DÉPEND DE LA FORCE DE L'ÂME.
KANNA EST FORT... TRÈS FORT !
ALORS, IOS ?! C'EST TOUT CE DONT T'ES CAPABLE ?!
JE NE PEUX PAS ME BATTRE CONTRE LUI... C'EST SON CORPS, PAS LE MIEN. C'EST À MOI DE DISPARAÎTRE.
TU ES VRAIMENT PRÊT À DISPARAÎTRE SANS EN FINIR AVEC SWORD ?!
SWORD !
ZWOOSH

ZOM

SHLUP
AH...
POURQUOI N'AS-TU PAS PARÉ MON ATTAQUE ?
FLOM
LE POUVOIR DE NOS ÂMES EST IDENTIQUE. JE LE SAVAIS AVANT MÊME QUE NOUS COMMENCIONS À NOUS BATTRE... MAIS IL FALLAIT BIEN QUE L'UN DE NOUS DEUX GAGNE.
SI TU LE SAVAIS, POURQUOI N'AS-TU PAS ACCEPTÉ DE CHERCHER LE MOYEN DE SAUVER NOS DEUX ÂMES ?!
BLANG
PARCE QU'IL NE RESTE PLUS DE TEMPS...
JE LE SAIS... SÔMA ET MOI SOMMES JUMEAUX... LORSQU'IL EST EN DANGER, JE LE SENS.
HAA
HAA
SÔMA... EN DANGER ?! ÇA DOIT ÊTRE À CAUSE DES QUATRE GÉNÉRAUX INFERNAUX !

IL FAUT RETOURNER SUR TERRE.
MAIS SANS POUVOIRS, JE SERAI INUTILE.
L'ÂME DE KANNA EST EN TRAIN DE S'ÉVANOUIR !
ZAN
JE COMPTE SUR TOI POUR T'OCCUPER D'EUX, IOS...

KZAM
ARCHANGE MICHAËL ! QUE SE PASSE-T-IL ?!
KZZM
KZZM
IOS A TRIOMPHÉ, COMME IL SE DOIT. SON ÂME VA PRENDRE POSSESSION DU CORPS.
WOOSH
IL VA SE TRANSFORMER EN ANGE AVEC L'AIDE DE L'ÉNERGIE SPIRITUELLE DE L'ÂME VAINCUE.
IOS... ENFIN...
OUF
?!
SWUP
IL PLEURE ?!
SCRIP
SCRIP
KZIM

WAAAAAAAAAAH !!
Quoi ?!

FWAP
EMPAREZ-VOUS DE LUI !
IOS !
LA TRANSFORMATION DE SON CORPS N'EST PAS ENCORE ACHEVÉE ! IL OSE SE REBELLER CONTRE LA VOLONTÉ DU SEIGNEUR !
ZOM
LÂCHEZ-MOI ! COMMENT TOUT CELA POURRAIT-IL ÊTRE LA VOLONTÉ DU SEIGNEUR ?!
IOS ! SAIS-TU CE QUE TU ES EN TRAIN DE FAIRE ?!
POOOOW

JE LE SAIS TRÈS BIEN !
SBOW
ÎOS !
SCRAP
SCRAAP
FWAP
FERMEZ LES PORTES QUI MÈNENT AU MONDE DES HUMAINS ! VITE !
JE NE PEUX PAS CROIRE QU'IOS DÉSOBÉISSE À LA VOLONTÉ DE DIEU...
JE DOIS REGAGNER LA TERRE !
GWOOSH
LE SACRIFICE DE KANNA N'AURA PAS ÉTÉ VAIN !

GWUP
GWUP
SPLAASH
BWOM
SKRAAM
PUTAIN... ÇA N'EN FINIT PAS !
GWOOOOOOO
HÉ HÉ HÉ... TU T'ES BIEN DÉBROUILLÉ, SWORD.
MAIS JE CRAINS QUE ÇA NE SUFFISE PAS !

TON BRAS DROIT N'EST DÉJÀ PLUS QUE PIERRE !
TU NE PEUX PLUS UTILISER TES TECHNIQUES DES TÉNÈBRES !
KZAM
TU ES À BOUT DE FORCES ET MES CRÉATURES VONT T'ANÉANTIR !
FWUSH
ET MERDE ! IL A RAISON, MON BRAS DROIT EST PARALYSÉ... J'SUIS FOUTU !
BAOM
GYAAAAAH !!

SPLOC
SPLOC
?!
FLAP
quoi ?!
iOS !

8ᴱ ÉPISODE :
RÉSURRECTION

FWUUUSH
IOS !
?!
QU'EST-CE QUE TU FOUS LÀ ?! T'ES PAS REDEVENU UN ANGE ?!
IL N'EST PAS QUESTION QUE JE REDE-VIENNE UN ANGE.
TU VAS ENCORE DIRE QUE TU N'AS PAS BESOIN DE MOI, MAIS...

J'AI TUÉ KANNA DE MES PROPRES MAINS ET JE SUIS REVENU...
VA, IOS ! TU DOIS LES SAUVER !
JE LUI AI FAIT UNE PROMESSE, ET JE DOIS LA TENIR !
QUOI ?! IL A TUÉ KANNA ?!
C'EST VRAI QUE JE NE SENS PLUS LA PRÉSENCE D'UNE SECONDE ÂME EN LUI...
GWUSH
UN ANGE QUI QUITTE LE PARADIS POUR VENIR AU SECOURS D'UN DÉMON... C'EST UBUESQUE !
SCRIP
SCRIP
MAIS ÇA M'AR-RANGE...

DOM
FRÉMISSEZ DEVANT MON BRAS GAUCHE !
SATAN ME RÉCOMPENSERA D'AUTANT PLUS SI JE LUI APPORTE LA TÊTE DE L'ANGE IOS !
FWAP
!!
SHWUP
SHWUP
J'AI ÉTUDIÉ LES ARCANES DU NECRONOMICON POUR DOTER LES DIFFÉRENTES PARTIES DE MON CORPS D'UN ESPRIT PROPRE !
ELLES PRENNENT LEUR VÉRITABLE FORME EN SE NOURRISSANT DE LA PUISSANCE MALÉFIQUE DE L'ARGILE !
GWUUSH

KWEEEEEEEEEEEEEEE !!
L'ESPRIT DE MON BRAS GAUCHE RÉPOND AU NOM DE COCKATRICE !
IL A LE POUVOIR DE TOUT PÉTRIFIER !
VUUUUUUUUS
SCRIP
SCRIP
WOW !
LA BOUE SE TRANSFORME EN PIERRE !
SHWAP

WOOOOO
RESTE EN RETRAIT, SWORD ! JE M'EN OCCUPE !
QUOI ?! C'EST TOI QUI RESTES EN RETRAIT !
ZOM
TU AS VU TON BRAS ? IL EST ENTIÈREMENT BLOQUÉ !
CETTE FOIS, TU ME LAISSES FAIRE, ET PAS DE DISCUSSION !
KANNA S'EST SACRIFIÉ POUR QUE JE VIENNE VOUS SAUVER, TOI ET SÔMA.
KZZZ
KZ
ZAAA
ALORS KANNA EST VRAIMENT MORT...
GNUP
JE NE VEUX PAS QUE SON SACRIFICE AIT ÉTÉ VAIN !

C'EST À MOI DE ME BATTRE !
FWASH
?!
FLOC
FLOC
KZUM
KZUM

PRÉPARE-TOI À MOURIR, GÉNÉRAL INFERNAL !
SWASH
YAAAAAAAH !!

HÉ HÉ... TU ES TRÈS FORT, IOS...
FWAP
MAIS TROP NAÏF ! REGARDE DERRIÈRE TOI...
S... SWORD !
ZWUP
QUOI ?! IL S'EST RECOMPOSÉ ?!
WOOOOOO

KWEEEEEEEEEEEEEEEE!!
BWOSH!
TSS!
KZOM
?!
MERDE ! MON BRAS EST TROP LOURD, JE PEUX PAS BOUGER !
PWASH
SCRIP
SCRIP

SWORD !
LES ESPRITS DE MES MEMBRES SONT IMMORTELS ! IL LEUR SUFFIT DE PUISER LA FORCE DE L'ARGILE POUR RENAÎTRE INDÉFINIMENT !
TU NE PEUX PAS BRISER LA PIERRE SANS TUER SWORD ! ALORS, IOS ! QUE DÉCIDES-TU ?!
BOUGE-TOI, IOS ! T'OCCUPE PAS DE MOI ET DÉFONCE-LUI LA TRONCHE !
MAIS SI JE FAIS ÇA, SWORD ET SÔMA VONT...
TU ES REVENU POUR LE SAUVER, MAIS TU NE PEUX PLUS RIEN FAIRE !
ZWUUUUUUSH
GLUPS
TSS ! KANNA... JE NE SAIS PAS QUOI FAIRE...

IL A ENVOYÉ NOS ANGES AU TAPIS ET A REGAGNÉ LA TERRE...
PSHHH
POURQUOI AVOIR FAIT QUELQUE CHOSE D'AUSSI STUPIDE ?
...
L'ÂME DE CET HUMAIN ÉTAIT-ELLE SI IMPORTANTE À SES YEUX ?
BVUUUU

LE SEIGNEUR NE SERA PAS CONTENT EN APPRENANT CE QUI S'EST PASSÉ.
SHEKIL, DÉBARRASSE-TOI DE CETTE ÂME HUMAINE.
SWUP
M'EN DÉBARRASSER ?! MAIS ALORS...
JE TROUVERAI UN AUTRE MOYEN POUR QU'IOS REDEVIENNE UN ANGE.
À CONDITION QUE LE SEIGNEUR LE PERMETTE ...
!!
C... C'EST POUR CETTE ÂME HUMAINE QU'IOS A QUITTÉ LE CIEL...
JE FERAIS EFFECTIVEMENT MIEUX DE LA DÉTRUIRE !
GWISH
MAIS, S'IL SAVAIT, IOS NE LE PERMETTRAIT PAS... QUE FAIRE... ?

SCRICH
SCRICH
OUI ! COMME ÇA ! ENCORE ! J'EXULTE DE VOIR LA SOUFFRANCE TORDRE TON VISAGE D'ANGE !
KANNA S'EST SACRIFIÉ POUR QUE JE PUISSE VENIR EN AIDE À SWORD ET SÔMA, MAIS JE N'EN AI PAS ÉTÉ CAPABLE !
HUNG ...
SCRIIC
BORDEL... SI SEULEMENT J'POUVAIS BOUGER... !
AH!
QU'EST-CE QUE VOUS FOUTEZ, TOUS LES DEUX ?!

SBAOOOM
CETTE VOIX... !
C'EST QUOI, CE TRUC ?!

VOUS ALLEZ LAISSER SÔMA MOURIR COMME ÇA ?
WUUUU UUUUSH
KA... KANNA ?!
UN FANTÔME ? JE L'AI TUÉ DE MES MAINS... IL NE PEUT PAS ÊTRE LÀ...
RÉVEILLE-TOI, IOS ! SI C'ÉTAIT POUR FAIRE ÇA, J'AURAIS PAS DÛ TE LAISSER LA PLACE !

UN PEU DE CRAN, BANDE DE LAVETTES !
BVUM
!!
GWOOSH
BVUM
CE N'EST PAS UN FANTÔME ! KANNA EST VIVANT !
QUOI ?!

T'AS ENTENDU, SWORD ?! ÇA TE PLAÎT DE TE FAIRE TRAITER DE LAVETTE ?!
ZOU
J'DÉTESTE ÇA !
CRISP
CRISP

9^E ÉPISODE :

ÉVOLUTION

SCRIP
SCRIP
WOOOOOOOOOOOO
GWOOOOOO
FWUSH
BIEN... VOUS ALLEZ POUVOIR VOUS DÉBROUILLER SANS MOI, MAINTENANT.
KZZW
KZZW
SWORD !
C'EST IMPOSSIBLE ! IL NE PEUT PAS BRISER LE MALÉFICE UNIQUEMENT PAR LA FORCE !

GWOOOOOO
...
STAP
QU'Y A-T-IL, BASIL ?
VOUS NE SENTEZ PAS CES ONDES ?
HEIN ?
GLUPS
CE... C'EST L'AURA DU GRAND SATAN !
SCRIP
SCRIP
COMMENT EST-CE POSSIBLE ?!
SWORD POSSÈDE L'UN DES FRAGMENTS DE L'ÂME DE SATAN. C'EST LE SIGNE QUE L'ŒUF DÉMONIAQUE S'EST RÉVEILLÉ...

GWOM
WOOOOOOOOOOO
C'EST LE POUVOIR DE L'ŒUF DÉMONIAQUE ?! IL EST EN TRAIN DE NEUTRALISER MON MALÉFICE !
BRROOOOMM
KRUM
KRUM

VAS-Y, COCKATRICE ! TUE SWORD PENDANT QU'IL EN EST TEMPS !
!!
KWEEEE
L'ŒUF DÉMONIAQUE CHANGE DE FORME ?!
ON DIT QUE L'ŒUF ÉVOLUE EN ABSORBANT LES FRAGMENTS DE L'ÂME DE SATAN... !
SLIME
ZAAAAM
!!
AHAHAHAH ! AS-TU DÉJÀ OUBLIÉ QUE MON BRAS PEUT SE RÉGÉNÉRER INDÉFINIMENT ?!
SCRIP
SCRIP
JE NE LE LAISSERAI PAS FAIRE ÇA !

FWUP
SDING
ALORS, JE N'AI QU'À BRISER SON NOYAU !
!
BRRM
BRRM
IL EST SI DUR QUE MON SABRE NE PEUT MÊME PAS L'ENTAILLER !
AHAHAH ! AUCUNE ATTAQUE NE PEUT RIEN CONTRE LUI ! ET SES CAPACITÉS DE RÉSURRECTION LE RENDENT INVULNÉRABLE !
INVUL-NÉRABLE, MON CUL !
?!
Y A QUE SA CARCASSE QU'EST SOLIDE, À CE GROS MACHIN !

ALLONS-Y, IOS !
IL A BRISÉ MON MALÉFICE DE PÉTRIFICATION !
SBRAAAAAK
QUAND TU VEUX, SWORD !
SLASH
FWUSH

POW

SCRIP
SCRIP
PAR EN DESSOUS, IL EST VULNÉRABLE !
WOOOOO OOOOO
EN MIETTES !
GWOOOOM
!!
GLUPS

GWAAAAAAAAAAAH !!
BWUSH !!
GWUM
GWUM
GWUM
JE NE LE CROIS PAS... MON BRAS PULVÉRISÉ PAR UN DÉMON INFÉRIEUR...
HAA..
HAA..
FWOP
HÉ HÉ... T'AS ENCORE RIEN VU, MON POTE !
!!
KZZM
KZZM
J'SAIS PAS TROP CE QUI SE PASSE, MAIS GRÂCE À CE TRUC, J'PÈTE UNE FORME D'ENFER !
SWUP

FLOM
L'ŒUF DÉMONIAQUE DANS SA FORME ÉVOLUÉE !
UN DÉMON ORDINAIRE AURAIT SUCCOMBÉ À LA PUISSANCE DE SATAN DURANT LE PROCESSUS D'ÉVOLUTION...
KZZM
KZZM
ME VOILÀ, GALAM !
KZAM
CRÈVE !
GWOOSH
IL A FAIT SIEN LE POUVOIR DE SATAN !
GWOOSH

VLANG
BLAM
LA VACHE ! QUELLE EXPLOSION !
SWORD... SÔMA...
C'EST MOI QUI AI BLESSÉ SWORD... SI JAMAIS IL LEUR ARRIVAIT MALHEUR, CE SERAIT MA FAUTE...
POURQUOI TU TIRES CETTE TRONCHE DE DÉTERRÉE, NANAMI ?

SWORD !
COMME JE SUIS CONTENTE QUE TU N'AIES RIEN !
J'T'AVAIS DIT DE NOUS FAIRE CONFIANCE.
SMILE
FLAP
!
OUI, MAIS CETTE FOIS, C'ÉTAIT JUSTE !

!!
SWAP
ÍOS ! ÇA ALORS !
SMILE
TU ES REVENU...
TU AS TENU TA PROMESSE DE RAMENER KANNA SUR TERRE...
GLUPS
ÍOS... NE DIS PAS À NANAMI QUE KANNA A FAILLI Y PASSER, OK ?
PSST!
BIEN SÛR ! JE NE VAIS PAS L'INQUIÉTER POUR RIEN. JE LUI RENDRAI SON CORPS PLUS TARD.

IL FAUT LE REMERCIER D'ÊTRE VENU À NOTRE SECOURS...
PEUH ! J'AURAIS TRÈS BIEN PU ME DÉBROUILLER TOUT SEUL... !
!!
FLOM
SWORD !
BLAM
QU'EST-CE QU'IL Y A ?! ÇA NE VA PAS ?!
FWASH
C'EST RIEN... CE TRUC DANS MA MAIN M'A JUSTE POMPÉ UN PEU TROP D'ÉNERGIE...
L'ŒUF DÉMONIAQUE... IL RÉCLAME TROP DE FORCE POUR UN CORPS HUMAIN...
EUH... ÇA VA ALLER ?

BIEN SÛR. UN PEU DE SOMMEIL, ET JE...
ZZZZ
SWORD ...
PFFF ! DÉJÀ ENDORMI... IL PERD PAS DE TEMPS !
C'EST NORMAL. IL A UTILISÉ TOUTE SON ÉNERGIE POUR TENIR SA PROMESSE À NANAMI.
HI HI
IL Y EN A UNE QUI A DE LA CHANCE !
IL N'EST PAS LE SEUL À S'ÊTRE DONNÉ À FOND.
...
GWUP
MERCI, SWORD...

HÉ HÉ HÉ... LES IMBÉCILES ! LA BATAILLE N'EST PAS ENCORE TERMINÉE !
GLURB
ZUUUUN
BLORB
BLORB
HAA HAA
MAINTENANT QUE SWORD EST ÉPUISÉ, ILS NE PEUVENT PLUS M'ÉCHAPPER !
ÇA SUFFIT COMME ÇA.
GLUPS
TU AS DÉJÀ FAIT ASSEZ DE BÊTISES POUR AUJOURD'HUI.
STAP
BA... BASIL !

TU DOIS ADMETTRE TA DÉFAITE POUR CETTE FOIS !
TAIS-TOI ! TÂCHE DE NE PAS OUBLIER QUE C'EST À CAUSE DE TA PRÉSOMPTION QUE L'ŒUF DÉMONIAQUE A ÉVOLUÉ !
NON ! C'EST IMPOSSIBLE ! PAS MOI !
GWASH
NOUS SOMMES LOIN D'EN AVOIR FINI AVEC SWORD ET SES AMIS...

10E ÉPISODE :
UN VISITEUR INATTENDU

HMMPF !
AH ! QUELLE BELLE JOURNÉE ! JE M'SENS EN PLEINE FORME !
TU AS L'AIR DE BONNE HUMEUR, AUJOURD'HUI, SWORD...
HUM ?
BIEN SÛR ! T'AS VU UN PEU LA PUISSANCE DE L'ŒUF DÉMONIAQUE ?!

HÉ HÉ HÉ HÉ
ET J'AI ENCORE QU'UN SEUL FRAGMENT DE L'ÂME DE SATAN ! IMAGINE CE QUE CE SERA QUAND J'AURAI RASSEMBLÉ LES TREIZE !
TOI, AU MOINS, T'AS LA PÊCHE !
PFFF...
QU'EST-CE QUE T'AS ? ÇA VA PAS ?!
OUI, ET PAS QU'UN PEU.
PFFF
J'OSE À PEINE REPENSER À CE QUE J'AI FAIT...
JE ME SUIS ATTIRÉ LES FOUDRES DE DIEU...
FLOM
BON SANG ! QU'EST-CE QUE JE VAIS FAIRE ?!
BAM
CE QUI EST FAIT EST FAIT ! PLEURE PAS !
PEUH !
IL NE ME RESTE PLUS QU'À ME REPENTIR DEVANT LE SEIGNEUR !

OH ? IL Y A DÉJÀ QUELQU'UN.
T'ES PAS LE SEUL À PRIER DIEU, ALORS !
HÉ HÉ
...
PFFF...
J'SUIS CURIEUX DE VOIR LEUR TÊTE...
HUM
NA... NANAMI ?!
SWORD ?! QU'EST-CE QUE TU FAIS ICI ?
ET TOI, ALORS ?!
J'AI RENCONTRÉ CE GARÇON EN RENTRANT DU LYCÉE. IL M'A DEMANDÉ OÙ ÉTAIT L'ÉGLISE, ALORS...
!!

SWUP
QUOI ?! SHEKIL ?!
TU N'ES PAS AU PARADIS ?!
TU LE CONNAIS ?
IOS !
HEIN ?!
GNAP
CALME-TOI, SHEKIL ! QUE S'EST-IL PASSÉ ?!
BOUU HOUU HOUU ...
I... I...
SNIF
SNIF

EN FAIT ...
J'AI ÉTÉ BANNI DU PARADIS POUR AVOIR RAMENÉ L'ÂME DE KANNA AMANO SUR TERRE...
ET JE SUIS VENU ME CONFESSER DANS CETTE ÉGLISE.
SHEKIL... ALORS C'EST TOI QUI AS SAUVÉ L'ÂME DE KANNA ?
T'EN FAIS PAS ! TU AS FAIT LE BON CHOIX. TU N'AS PAS BESOIN DE TE REPENTIR.
IOS...
TU PARLES ! QUI C'EST QUI VOULAIT VENIR SE CONFESSER ? AH, LES ANGES... TOUS DES CHARLOTS !
PEUH!
SWORD ! MAUDIT DÉMON !
FLAP

JE T'INTERDIS D'INSULTER IOS !
LOOM
SHEKIL ! NON !
SWORD !
FWUSH
HÉ HÉ... C'EST UN NERVEUX, LE PETIT !
KZZAM
QUOI ?!

BAOOM
SCRAP
SCRAP
SHEKIL !
QUELLE PUISSANCE ! QUAND L'A-T-IL ACQUISE ?!
T'AS COMPRIS LA LEÇON, DUCON ?
VLOM
ARRÊTEZ, VOUS DEUX ! REGARDEZ CE QUE VOUS AVEZ FAIT !
...
MON... MON ÉGLISE...
UNE ÉGLISE DÉTRUITE PAR UN ANGE... ON AURA TOUT VU...
IOS...
JE SUIS DÉSOLÉ. JE ME SUIS LAISSÉ EMPORTER...

OUPS
DU MOMENT QU'ILS RÉPARENT LES DÉGÂTS...
SCRUTT
C'EST BON, NANAMI... NE T'INQUIÈTE PAS !
TOI AUSSI, SWORD, PRÉSENTE TES EXCUSES À MIZUNO !
HEIN ?! POURQUOI MOI ?!
PLUM
JE NE M'EN VAIS PAS ! JE NE SAURAIS MÊME PAS OÙ ALLER...
T'EN VA PAS, TOI !
OH ! C'EST VRAI QUE TU SAIS PLUS OÙ ALLER, MAINTENANT QUE TU T'ES FAIT VIRER DU PARADIS !
HÉ HÉ
BIEN SÛR QUE NON ! J'AI RÉFLÉCHI À UN ENDROIT !
AH OUAIS ? OÙ ÇA ?
EUH... SI POSSIBLE, JE VOUDRAIS RESTER AVEC IOS...
QUOI ?
TU RÊVES, DUCON ! PAS QUESTION !
C'EST PAS À TOI QUE JE DEMANDE !
LE PROBLÈME, C'EST QU'IL N'Y A PLUS DE PLACE À LA MAISON...
...
HEIN?
JE PEUX ARRANGER ÇA.

EN TANT QUE SERVANTE DE DIEU, JE SERAIS RAVIE D'HÉBERGER UN ANGE.
SMILE
?
WOOOOM
J'SAVAIS PAS QU'IL Y AVAIT UNE SI GRANDE BARAQUE DERRIÈRE L'ÉGLISE...
OH!
WOW!
TU DOIS ÊTRE RICHE POUR AVOIR UNE MAISON COMME ÇA !
ENTREZ !
?
TADADA

VLAM
SALUT, SÔMAAA !
GLOPS
ARGH ! YAKUMI SÔJIRÔ !
COUCHÉ, LE FRANGIN !
HUMPF...
SHBAFF
QUEL EXCITÉ, CELUI-LÀ...
EUH... TU LE LAISSES LÀ ?
SANS LUI, NOUS SERONS PLUS TRAN-QUILLES POUR PARLER.
SMIL
MÊME SA SŒUR LE SUPPORTE PAS... LE PAUVRE.
VOILÀ ! CHOISIS LA CHAMBRE QUI TE PLAÎT !
WHAAAM
WOW

LA VACHE ! Y A COMBIEN DE PIÈCES, ICI ?!
C'EST IMMENSE... RIEN À VOIR AVEC CHEZ NOUS...
FLOM
J'SENS QUE ÇA M'ÉNERVE...
OUH LÀ...
J'VAIS TOUT RAVAGER, POUR LA PEINE !
VLAM
NON, SWORD ! PAS CETTE CHAMBRE !
...
HEIN ?

J'AI OUBLIÉ DE VOUS DIRE QUE GARVERA LOGE AUSSI ICI.
HUMPF
SDOM
ARRÊTE DE ME MATER COMME ÇA, SALE OBSÉDÉ !
!
GARVERA, JE TE PRÉSENTE NOTRE NOUVEAU COLOCA-TAIRE...
GRRR
FWUP
TU HÉBERGES LES DÉMONES, MAINTENANT ?!
BEN... ELLE N'AVAIT NULLE PART OÙ ALLER, ALORS...
KLAM
AH NON ! LÀ, C'EST TROP !
...
BRRR
BRRR
ATTENDS ! SHEKIL ARIA ?!

FWISCH
DÉJÀ QUE C'EST INSULTANT DE DEVOIR DEMANDER SERVICE À DES HUMAINS...
GR
SI, EN PLUS, C'EST POUR HABITER AVEC UNE DÉMONE, JE REFUSE !
GRRR
EH ! TU TE PRENDS POUR QUI, MON ANGE ?!
TU POURRAIS AVOIR LA DÉCENCE DE PORTER QUELQUE CHOSE !
T'AS QU'À REGARDER AILLEURS, SI ÇA TE DÉRANGE !
C'EST À TOI DE T'HABILLER ! PAS À MOI DE DÉTOURNER LE REGARD !
GYAAAH ! GYAAH !
PFFF
SI T'ES PAS CONTENT, 'AS QU'À ALLER VOIR AILLEURS. ON TE RETIENT PAS.

JE NE COMPRENDS PAS COMMENT IOS PEUT ACCEPTER DE VIVRE AVEC UN DÉMON COMME TOI ! JE VAIS PRENDRE TA PLACE !
ARRÊTE, SHEKIL !
PEUH ! PERSONNE T'A DEMANDÉ DE SAUVER KANNA !
À TON AVIS, À CAUSE DE QUI JE ME RETROUVE LÀ ?
SWOOOOORD !
MAIS... IOS...
EUH...
CALME-TOI ! MIZUNO A GENTIMENT PROPOSÉ DE T'ACCUEILLIR !
OUAIS ! C'EST VRAI, ÇA !
BEN VOILÀ ! IL EST GENTIL, LE TOUTOU À IOS !
D'ACCORD... SI C'EST TOI QUI ME LE DEMANDES...
SNIF
SHEKIL !
KZIM
HEU

GRRR
OÙ EST PASSÉE TA BONNE HUMEUR DE CE MATIN, SWORD ?
KLUM
ELLE A DISPARU DEPUIS QUE L'AUTRE LOURDINGUE NOUS COLLE !
PEUH!
JE VOUS COLLE PAS. JE VAIS EN COURS COMME VOUS. JE SUIS INSCRIT DEPUIS AUJOURD'HUI...
QUOÂÂ ?!
JE VEILLERAI À CE QUE TU NE MANQUES PAS DE RESPECT À IOS !
SMILE
ET PUIS...

J'AI DES INFORMATIONS À TE DONNER À PROPOS DES FRAGMENTS DE L'ÂME DE SATAN.
SWUP
PSST
SI IOS RESTE ENCORE AVEC TOI, IL RISQUE LUI AUSSI DE SE FAIRE BANNIR DU PARADIS.
QUOI ?! IL SAIT QUELQUE CHOSE SUR LES FRAGMENTS ?!
POUR QU'IL REDEVIENNE UN ANGE, IL FAUT D'ABORD QUE TOI, TU REDEVIENNES UN DÉMON.
!

HUM... TRÈS INTÉ-RESSANT...
ÇA NE M'ENCHANTE PAS, MAIS JE VAIS DEVOIR T'AIDER.
ESPÈCE DE SALO-PARD...
ÇA VA ÊTRE À MOI DE JOUER. PLACE À DEEL, LE MAÎTRE DU VENT !
DEVIL DEVIL vol.8/FIN

Titre original :
DEVIL DEVIL, VOL. 8

Original Japanese edition
published in 1999
by Shogakukan Inc., Tokyo
French translation rights
arranged with Shogakukan Inc.
through The Kashima Agency

French translation rights : Pika Édition

Traduction et adaptation : Sylvain Chollet
Lettrage : David Cochard

ISBN : 2-84599-341-2
Dépôt légal : juin 2004
Imprimé en Allemagne par Clausen & Bosse
Diffusion : Hachette Livre

DANS LA MÊME COLLECTION

King of Bandit JING

Yuchi Kumakura

Avec son minois de jeune garçon innocent, Jing est le voleur le plus doué du monde. Qu'il s'attaque au bien le plus précieux d'un riche collectionneur ou à la fortune d'un dangereux fantôme, rien ne lui fait peur et il ne rate jamais son coup. Aidé de Kir, son fidèle compagnon, il se sort de tous les mauvais pas.

Ce manga a été publié pour a première fois en 1995 dans le mangashi, le mensuel de Kodansha. Jing le roi des voleurs est un shônen d'aventure, au scénario solide et au graphisme travaillé. Yuichi Kumakura, novateur graphiquement s'inspire des auteurs américains et européens.

www.pika.fr

ATTENTION, SENS INTERDIT !

Ceci est la dernière page du
huitième épisode de DEVIL DEVIL
Pour lire le début de ce volume,
il faut retourner le livre.

Une petite explication vous donnera
le mode d'emploi du sens de lecture,
fidèle à l'original, de droite à gauche,
selon le souhait de son auteur,
YUKI MIYOSHI.